KB009418

수록된 많은 글 중 한 편의 글이라도 좋으니

그대가 공감과 위로를 받고 행복해지기를 바랄게요.

아픔 한 줌 빼고
위로 두 줌을 건넬게

이종혁 에세이

채륜서

프롤로그

　사람들이 힘들어할 때, 먼저 다가가 위로를 건네며 안아주었습니다. 저로 인해 잠시라도 아프지 않았으면 하는 마음과 애정이 있었죠.

　그렇게 수많은 위로와 공감을 건네다 자칭 "프로 상담사"가 되어, 더욱 좋은 말을 건네주고 싶은 욕심이 생겼어요.

　"어떻게 하면 그들의 아픈 마음을 좀 더 잘 달래줄 수 있을까?"
　힘들면 예민하고 민감해지니 더욱 많은 고민을 하게 되었어요.

그러던 중 우연히 읽은 글귀가 눈에 띄었어요. 흰색 종이에 위로가 담긴 검은 글씨가 너무 좋더라고요.

"이거다."
말보다는 진심이 담긴 글을 적고 건네주는 것이 좋을 것 같아, 글을 쓰기 시작했습니다.

저의 책은 위와 같이 지쳐있는 당신에게 위로와 공감을 건네기 위해 만들어졌습니다.

비록, 저는 문학 관련 전공자가 아니라 글이 투박할 수 있지만, 네 가지 주제를 이해하기 쉽게 썼기에 다소 편안한 마음으로 읽으실 수 있을 겁니다.

차례

프롤로그 2

1장

슬픔만 가득 찬 인생은 없으니까

상처 많은 그대에게 10 / 익숙한 아픔은 없다 11 / 취준생에게 13 / 눈물이 말랐던 날 15 / 결과가 좋지 않더라도 괜찮다 17 / 항해 18 / 붕어빵 19 / 나 홀로 식사 22 / 잠이 안 오던 밤 24 / 평범함 27 / 여유 없이 살아가고 있는 그대에게 30 / 행복은 머물고 불행이 스쳐 지나가기를 31 / 어차피 잘 될 거야 32 / 무의미한 하루는 없어 33 / 사는 것만으로도 34 / 세상이 빨리 변해서 그래 35 / 입버릇이 되어버린 죽음 36 / 품 37 / 꼬리가 있었다면 38 / 아름답고 소중한 그대 39 / 잠시 내리는 소나기일 거야 40 / 어쩌다 41 / 먹구름이 지나간 뒤에 42 / 죽지 말고 살아봐 43 / 너무 힘들어서 그래 44 / 너의 꿈을 이뤘으면 해 45 / 한숨 47 / 과속방지턱 48 / 공부가 정답은 아니기에 50 / 불쌍하지 않아 52 / 뉴스 53 / 유지 54 /

노래 55 / 차근차근 56 / 어른에서 아이로 57 / 늘 곁에 58 / 중점 59 / 매일 힘들었던 이유 60 / 잘못 없어 61 / 얽매인 매듭 62 / 서툴렀던 거뿐이야 63

2장 만남과 헤어짐의 사이에서

사랑한다는 건 66 / 스쳐 지나간 것은 아닌지 67 / 들풀 69 / 12월 70 / 겨울이 좋더라 72 / 꽃아 73 / 안부 74 / 내가 가진 모든 걸 주지 말걸 75 / 달과 별 78 / 겨울꽃 79 / 헤어진 연인을 꿈에서 다시 만났던 날 80 / 여백의 미 82 / 푸른 소나무와 같이 83 / 친구로는 못 지내겠더라 84 / 남아있네 85 / 첫사랑 86 / 그저, 너 88 / 헤어지자는 말 89 / 바랄 필요 없이 90 / 애매하게 굴지 않기 91 / 잘 지낸다는 거짓말 92 / 그 시절 93 / 지친 이별 94 / 외로운 마음 알지만 95 / 흰 눈 96 / 신문지 97 / 혼자 98 / 결말 99 / 사랑의 과정과 끝 100 / 미소 101 / 잘 지내면 돼 102 / 눈빛 103 / 자국 104 / 필요 없는 사람 106 / 존재 자체 109 / 그런 사랑 110 / 사계절 112 / 않게끔 113

3장　나를 웃게 하는 혹은 울게 하는

퍼즐 116 / 소문은 의심해야 해 117 / 부모와 자식 118 / 모르는 사람이라도 119 / 모기 120 / 넌 이쁜 말만 들어도 부족해 121 / 톱니바퀴 122 / 정해져 있는 공식 123 / 목적 없는 사람 124 / 불편하지 않아야 친구지 126 / 우연히 받은 위로 128 / 악연 130 / 땅만 보고 가면 부딪혀 131 / 어무니 134 / 담배 136 / 소중한 사람에게 소중히 138 / 위로를 건네는 건 어려워 139 / 이해가 필요해 140 / 사랑, 갈구하지 않기 142 / 도자기 144 / 가볍지 않은 146 / 질투 147 / 한 발짝 148 / 의심 149 / 어쩌면 151 / 오점 152 / 반대로 154 / 해로운 사람 155 / 감정 소모 156 / 그림자 157 / 그런 사람 158 / 덜고, 채우고 159 / 민들레 씨 160

4장　누구나 세상에서 유일하다는 걸

계절이 익어가듯 164 / 비관론자이지만 165 / 아끼지 않을 것 166 / 나에게 위로를 건네자 167 / 숫자 168 / 재개발 170 / 방황 172 / 고양이가 더 낫네 174 / 이렇게 살아도 괜찮은 걸까? 175 / 꼴통 177 / 새벽 178 / 외로움은 스스로 극복하기 180 / 감정충전 182 / 속을 보여줘 183 / 잘난 척 하는 것도 능력이야 184 / 좋은 사람 185 / 잃어버리지 않으려고 187 / 사진 188 / 자기소개 189 / 사소한 행복 190 / 만만한 사람 192 / 절전모드 194 / 터진 풍선 195 / 칭찬이야 196 / 행복해질래 197 / 말조심 198 / 여행을 떠나야 하는 이유 199 / 하루 202 / 생각보다 204 / 99.9% 206 / 행복해지기 위한 삶 208 / 시원하게 망해도 좋아 210 / 소중한 자신 211 / 미워도 오래는 미워하지 않기 213 / 시선 214 / 말해도 돼 215 / 것것것 216 / 자신이 제일 아픈 법이야 217 / 척 218

1장

슬픔만
가득 찬 인생은 없으니까

상처 많은 그대에게

그대를 스쳐 지나간 고통,
그 무엇과도 비교할 수 없을 만큼 아팠죠.

홀로 눈물 훔치며 버티기 위해
노력한 그대 생각하니, 마음이 아파요.

"힘들어"
솔직한 감정을 털어놓고

"괜찮아?"
따듯한 위로 한마디 건네주는 사람이 있었더라면
괜찮아질 수도 있었을 텐데.

외면을 받을 때도 있어, 더욱 힘들었을 그대가
이젠 웃으며 행복하길 바랄게요.

슬픔만 가득 찬 인생은 없으니까

익숙한 아픔은 없다

아픔, 혼자 끌어안고 있으면 모든 게
괜찮아질 거란 안이한 생각으로 버티고 버텼지.

우울함이 전염되지도,
아픔을 나눠 가질 필요도 없으니
괜찮을 거라 믿으며 홀로 아파했지.

어른이 되고 나서 생긴 책임감으로 인해
아픔마저 홀로 이겨내야 한다고 생각했어.
더는 어린아이가 아니니 아픔에도 성숙해지려고 했지.

근데 참 멍청한 생각이었더라.
지금이 가장 성숙하지만,
지금이 가장 서툴기도 한 건데
아직 여린 내가 어른스러운 척하려고

똥고집을 부렸던 거뿐이었으니깐.

도움을 받아야 할 때는 받아도 돼.
그것조차 용기가 필요한 요즘이지만,
자신이 나아지기 위해서라면 뭐든 어때.

슬픔만 가득 찬 인생은 없으니까

취준생에게

현실에 부딪히면 꿈과 거리가 멀어지더라.

난 처음 본 쪽지시험을 100점 맞았을 때,
서울대를 갈 줄 알았어.
그런데 학년이 점점 올라가면서 국립학교만을 목표로 했지.

취업도 마찬가지야. 목표로 잡은 기업에 매번 떨어지면
한 단계 낮다고 판단한 곳에 지원하잖아.

끈기가 없는 게 아니라, 남들은 앞으로 가는데
준비만 하는 내 모습은 멈춘 것만 같아 불안해서잖아.

밤새 공부하며 흘린 코피, 땀, 눈물은 간절한 만큼 나오지.
그렇게 노력해서 좋은 결과가 나오면 다행이지만,
탈락하면 좌절감에 빠져 헤어 나오기 힘들잖아.

힘겨운 취업난, 지쳐있는 사람들에게 전하고 싶은 말은

떨어졌다고 해서 자신의 가치가 낮아지는 건 아니야.
모든 것에는 운이 필요한데
더 좋은 기회를 얻기 위해 아꼈다고 생각했으면 해.
무너지지 말고 좀만 더 견디면 분명
노력에 대한 결실이 보일 거야.
누구보다 마음고생하고 눈치 보면서 살아가는 거 알고 있어.
머지않아 행복으로 가득한 날이 올 거야.
포기하지 않고 끝까지 해보자. 거의 다 왔어.

슬픔만 가득 찬 인생은 없으니까

눈물이 말랐던 날

"눈물이 마르는 날이 올까?"
매일 같이 흘렸던 눈물로 작은 연못을 만들 것만 같았어요.

그래도 긴 장마를 지닌 여름이 지나고
가을이 오듯 서서히 멈추기 시작했어요.

처음엔 좋아했지만, 금방 후회하게 되더라고요
울고 싶을 때 그토록 싫어했던 눈물이 나오지 않아서요.

흘리고 싶지 않다고 발버둥 쳤던 날을 후회하며,
이불을 끌어안고 멍한 눈으로 밤을 지새울 뿐,
더 이상의 설움을 토해낼 수 없었어요.

왜, 눈물을 흘리기 싫어했을까요?
아마도 스스로 울 자격을 주지 않고

엄격하게 굴었던 것 같아요.

누가 울음의 기준을 정해놓은 것도 아닌데,

스스로 눈치를 보며 버티려고 애쓴 거죠.

눈물이 말라서 좋은 거 없더라고요.

그러니 여러분은 힘들 때 울어도 돼요. 진짜 괜찮아요.

슬픔만 가득 찬 인생은 없으니까

결과가 좋지 않더라도 괜찮다

요즘 사람들은 결과만을 중요하게 생각해요.

처음에 저도 그랬고 누구나 그랬을 거예요.

하지만, 목표를 이루기 위한 과정을 거치고 거쳐

전보다 더 성장했다는 것을 기억해줘요.

우리가 살아가는 모든 순간 중 무의미한 것은 없습니다!

실패로 인한 좌절은 필요 없어요.

실패는 더 좋은 결과를 만들기 위한 재료일 뿐이니깐요.

항해

물살을 가르며 나아가기 위해선
당신이 붙잡고 있는 그 닻을 버리세요.

언제까지 묶여서 녹슬고 있는 당신의 배를
바라보며 후회만 할 건가요?

다른 배들이 먼저 갔다 해서 따라잡으려
급하게 가지 않아도 좋아요.
지구는 둥그니 언젠가 만나겠죠.

목적지를 몰라, 출발하지 못하는 것이라면
겁내지 말고 일단 떠나봐요.

무작정 떠난 길이 과정이 되어
좋은 결과를 만들 수도 있을 테니.

슬픔만 가득 찬 인생은 없으니까

붕어빵

눈이 제법 쌓인 퇴근길,
붕어빵 가게가 보여 급하게 들어갔다.

차가워진 손을 비비며 수줍게 가격을 물어봤다.
"사장님 1000원에 몇 개인가요?"

평소 1000원이면 신경도 안 쓸 텐데,
붕어빵 살 때는 왜 이리 민감한지 모르겠다.

"1000원에 5개예요."
따듯한 말투로 사장님이 대답해주셨다.

놀랐다. 요즘도 이런 가게가 있나?
저번에 어떤 가게는 700원에 1개였는데.

3000원어치를 주문하고 건네받은 붕어빵을
먹으며 사장님에게 말을 걸었다.
"사장님 요즘 비싸게 파는 곳도 많은데,
여긴 싸고 양도 많고 맛있네요."

사장님이 피식 웃으며
"정이죠. 내가 무뚝뚝해 보여도 정이 많아서
많이 주고 싶더라고요."
정 때문에 자신의 이득을 덜 챙기는 것이
쉽지 않다고 느꼈다.

도대체 정이 뭐길래? 궁금하던 찰나
"차가워진 계절에 차가운 사람들만 있으면
살기 좀 그렇잖아요."
아직 초겨울인데 금방 봄이 올듯한
사장님의 말씀을 듣고 이해했다.

내가 사는 세상은 계절에 상관없이

슬픔만 가득 찬 인생은 없으니까

차갑게만 느꼈는데, 오해였구나.

가끔, 뜻밖의 장소와 사람들이
차가워진 몸과 마음을 녹여주며 세상의 온기가
남아있다는 것을 알려주네.

빌어먹을 세상인 줄 알았는데
아직 살 만하더라.

나 홀로 식사

7평, 자취방에서의 식사는 늘 혼자였지.
작은 상에 조촐한 음식을 채우고 힘없이 자리에 앉아,
잘 보지 않는 텔레비전을 틀어
방안에 소음을 채우고 허전함을 달랬지.

다 먹고 설거지를 하는데 갑자기 눈물이 나더라?
가족과 함께 먹던 식사가 그리운 것도 있었지만,
시간이 지나도 매일 혼자 먹을까, 걱정되는 마음 때문에.

삶이 갈수록 고독해지고 외로워진다는데
20대 초반에 벌써 힘들면 어쩌지.

사람들은 익숙해지라고 하는데, 그래야만 괜찮아질까?
생각하기 나름이지만,
그건 너무 슬플 것 같아서 어색해질래.

슬픔만 가득 찬 인생은 없으니까

나와 같은 외로움을 지닌 사람들과 함께

서로를 위로하고 달래주며 살아가는 게 더 좋을 것 같아.

잠이 안 오던 밤

"생각이 많으면 잠이 오지 않으니
심호흡하면서 마음 편히 주무셔 보세요."

정신과 의사가 내게 수면유도제 한 달분을 건네주며
경과를 지켜보기로 했다.

두툼한 약봉지를 받고 피곤한 나머지
힘없이 터덜터덜 걸었다.
집으로 향하는 길이 금방 끝나지 않을 병을 암시하듯
너무 멀게만 느껴졌다.

집에 돌아와, 받은 약을 먹고
바로 잠들려 했지만, 몸은 피곤한데
정신은 멀쩡해서 미칠 것 같았다.
1시간, 2시간 시계 초침이

슬픔만 가득 찬 인생은 없으니까

돌아가는 소리만을 듣다 보니 세상이 원망스럽더라.

깊게 뿜은 한숨은 자욱한 안개가 되어
방 안 전체를 습하게 만드는 것 같았다.

답답함에 잠시 밖으로 나가,
담배 한 대 태우며 하늘을 바라보는데
몇 없는 노란색 별이 보였다.

"몇 개 없는 별은 마치 나의 행복,
어두운 하늘은 나의 상황이지 않을까?"

오글거리는 생각에 잠시 피식 웃고
새벽의 어두운 밤을 피하지 않고
맞이해보기로 했다.

우울증과 불면증으로 밤이 두렵기만 할 때,
애써 자려고 하지 않아도 돼.
새벽을 무서워하지 않고 즐기다 눈을 떠보면
어느새 밝은 아침이더라.

슬픔만 가득 찬 인생은 없으니까

평범함

남들처럼 일직선으로 곧게 뻗은 다리가 아닌
안쪽으로 심하게 휘어진 상태로 태어났어요.

오래된 앨범에는 벽을 잡으며 힘겹게 걷는 사진이
대부분이라 보기 싫어 먼지가 쌓여있어요.

어린 시절 체육대회가 있으면 항상
달리기경기에서 1등을 하고 싶은 마음이 있었죠.
지는 걸 워낙 싫어했기에 이를 악물고 뛰었지만,
단상에 올라간 친구들을
아래에서 위로 올려 바라봐야만 했어요.
서럽던 마음은 금방 짜증과 분노로 섞여,
저의 마음을 제일 잘 알아주는
부모님에게 화를 풀었던 것이 지금도 죄송스러워요.

어떻게든 남들처럼 평범하게 걷기 위해 전국 각지의 병원을
찾아갔지만, 들려오는 건 부정적인 소견뿐이었어요.
늘, 수술이란 단어가 들리면 부모님은 좌절하셨기에 속으로,
"어쩌다 이렇게 태어나 가족 모두가 나 때문에 힘들어하지?"
나만 아픈 줄 알았는데 옆에서 저를 바라보는 사람들이
같이 아파하고 힘들어 해주니 고마우면서도 미안했어요.

결국은 수술 대신 기계 장치를 이용하기로 했어요.
휘어져 있는 뼈를 곧게 펴주는 기계에 몸을 맡긴 순간
저의 입에서는 비명이 끊이지 않았어요.

"제발 그만, 너무 아파요."
눈물을 흘리며 매일 15분 동안
작은 손으로 담요를 꽉 잡으며 버텼죠.
고통스러운 3년이 흐른 뒤에야 멀쩡히 걷게 되었어요.

완치되고 보니 평범한 게 얼마나
소중한 것인지 어린 나이에 깨달았습니다.

슬픔만 가득 찬 인생은 없으니까

저는 인상적인 사람보다 평범한 사람으로 살아가도 좋아요.

평범한 걸음걸이를 가진 것만으로도 행복하니깐.

여유 없이 살아가고 있는 그대에게

시간이 지날수록 쉴 틈이 없어지는 것 같아.
새벽이 되어서야 자는 게 익숙해지고, 꼭 챙겨 먹던 아침밥
은 거를 정도로 일상이 달라졌지.

열심히 살아야 좋다고 하는데,
처음에야 뿌듯하고 나중 되면 너무 힘들어지더라.

열정적으로 사는 너의 모습 보기 좋지만,
힘들면 여유를 갖고 잠시 쉬었으면 해.

돈보다 건강과 정신이 그 무엇도 비교할 수 없을 만큼
제일 소중하니 잃어버리지 말자.

슬픔만 가득 찬 인생은 없으니까

행복은 머물고 불행이 스쳐 지나가기를

행복, 바람이 스치듯 빠르게 통과하고
어디론가 멀리 날아가지.

불행, 가라고 소리치고 밀쳐내도
굳건히 곁에서 오래 머물지.

행복은 짧고, 불행은 길게만 느껴지지 않아?
반대로 되면 좋을 텐데.

그저, 나에게도 너에게도 행복한 날이 더 많았으면 해.

어차피 잘 될 거야

어차피 결과는 모르는 건데, 미리 걱정하고
주눅 들어있으면 어떡해?

모든 일을 할 때 자신감을 가져.
더 잘 될 거야.

무의미한 하루는 없어

무의미한 하루는 없어.
충분히 오늘을 열심히 살았으니 내일도 그렇게 살아가면 돼.

힘든 세상 속, 살아가고 있는 자체만으로도
넌 대단한 사람이야.

사람은 하루에 5~6만 개의 생각을 한다는데,
넌 오늘도 많은 생각을 했으니 더 성장했을 거야.

그러니깐, 자책하지 말고 무너지지 말고
다가올 내일을 준비하면 돼.

사는 것만으로도

주변 사람들이 말하길
"사람은 고난을 겪으면서 성장하는 거야."

그런데 나는 힘든 순간들로 인해
점점 지치고 괴롭기만 하더라.
아픔은 언제나 아프니깐.

모두가 고난을 겪어야만 성장하는 건 아니야.
행복하게 지내면서도 많은 변화로 달라질 수도 있을뿐더러
그 외에도 다른 방향으로도 충분히 성장할 수 있으니깐.

그러니 힘든데 억지로 이겨내려 노력 안 해도 돼.
살아가는 것만으로도 지속해서 성장하고 있는 거잖아.

슬픔만 가득 찬 인생은 없으니까

세상이 빨리 변해서 그래

인간의 편의를 위해
100년 전보다 1000배 정도 성장했다고 하네.
그런데 과거보다 몸은 편해졌는데,
정신은 왜 더 힘들어졌는지 모르겠어.
아마 1000배의 속도가 감당되지 않아서 그런가 봐.

그래도 빠르게 발전하고 흘러가는 세상에서
조금이라도 적응해가는 우린 약하지만은 않은 것 같아.
포기하지 않고 다가가려는 의지는 있으니깐.

어쩌면 생각보다 우리 엄청난 사람일지도 몰라!

입버릇이 되어버린 죽음

"죽고 싶다."

"자살할까."

죽고 싶을 만큼 힘든 당신의 마음 알지만,

나약한 말을 쉽게 내뱉지 않았으면 해요.

습관처럼 입에 붙은 죽음은 그렇게 간단한 게 아니잖아요.

그리고 고생한 만큼 행복해질 건데, 포기하기엔 아깝잖아요.

반전 없는 죽음을 택해서

곧 찾아올 행복을 놓치지 않았으면 해요.

슬픔만 가득 찬 인생은 없으니까

품

끝내 울음을 참지 못하고
펑펑 우는 너의 모습을 보면
내 눈물도 같이 흐를 것 같아.

버티려고 안간힘을 쓰는 것도 서러운데,
참다 참다 결국 터져버린
뜨거운 눈물이 땅에 떨어지는 순간
너의 마음은 얼마나 복잡할까.

쏟아내는 눈물의 양도
마치 소나기가 내리듯
두꺼운 물방울이 한 움큼 고이겠지.

그런 모습 낯설고 두려울 수도 있겠지만 걱정하지 마.
다 울고 나서 다가가지 않고 곧장 너의 곁으로 다가갈게.
너를 잠시 내 품에 담아 온기를 나눠줄게.

꼬리가 있었다면

너에게 꼬리가 있었더라면 참 좋았을 텐데.
꼬리를 흔들고 있으면 기분 좋게 다가가
함께 행복을 나누고

꼬리가 한없이 내려가 있으면 조심스럽게 다가가
무슨 일 있었는지 물어보며 너를 위로해주고

꼬리가 올라가 바짝 긴장되어있으면
안정을 취할 수 있도록 도와줄 텐데.

내 욕심이지만, 그저 말없이 너의 마음에
다가가고 싶어서 그래.

말하기 힘든 사정이 있을 때
우연히 들은 위로는 많은 도움이 되니깐.

슬픔만 가득 찬 인생은 없으니까

아름답고 소중한 그대

그대, 한 줄로 설명할 수 없을 만큼
아름다운 부분이 많은 사람이에요.

아직 그대는 자신을 잘 모르기에
부끄러운 말이 될 수 있지만, 이젠 알아주세요.

자신감을 가져도 되는 충분한 사람이라는 걸요.
낮출 필요 없이 한없이 올라갈 사람이에요.

이 세상 유일한 존재인 당신이니깐.

잠시 내리는 소나기일 거야

너의 눈물도, 설움도 금방 멈출 거야.
어둡던 세상은 선명하게 변할 것이고,
빗소리만 들리던 방 안에는
새소리가 들리며, 금방 원래의 일상으로 돌아갈 거야.

예보 없이 다가온 슬픔 견디느라 고생했어.
이제 몸 좀 녹이며 온기를 가져보자.

슬픔만 가득 찬 인생은 없으니까

어쩌다

"어쩌다 이렇게 되었을까?"
현재 상황을 받아들이기 어려워, 과거를 회상하며
원인을 찾으려고 하시나요?

그럴 필요 없이, 문제를 수긍하고 헤쳐 나가면 돼요.
괜히, 과거와 현재를 왕복하면서 어지러울 필요 없이
정신 차리고 이겨내려고만 하면 돼요.

말처럼 쉽지 않은 걸 알지만, 딱히 방법이 없으면
저돌적으로 과감히 움직이는 것도
좋은 방법이 될 수 있어요.

마음이 움직이는 대로 몸도 함께 움직여봐요.
가끔 본능은 많은 도움이 되거든요.

먹구름이 지나간 뒤에

자다가 고통 없이 죽고 싶다는 사람이 있었어.
마지막이라도 아프지 않고 편안하게 쉬고 싶다 하더라.
그를 살포시 안아주며, 조용히 말했지.

밖에 비가 와.
너의 울음소리가 가까이 있는 나에게만 들릴 테니
눈치 보지 말고, 마음껏 울어.
오래 울어도 돼. 금방 그칠 비는 아닌 것 같아.
언젠가 먹구름이 지나가고 새의 울음소리가 들릴 테니
그때 밖으로 나가자.

슬픔만 가득 찬 인생은 없으니까

죽지 말고 살아봐

죽고 싶은데, 죽을 용기가 없으면 살아줘.
더 죽으려 노력하지 말고, 좋아지려고만 노력하자.

시간이 걸려도 웃는 날이 올 거야.
유년 시절 순수하게 웃던 그 미소를 다시 볼 수 있어.
회색빛에 갇혀 살던 나에게도
선명하고 밝은 날이 찾아왔으니깐.

공허하고 무기력한 너를 두고 떠나봐.
정들었어도 뒤돌아보지 말고
불필요한 모든 것을 두고 앞만 보고 가자.

긴 터널 끝, 서서히 밝은 빛이 널 맞이할 테니깐.

너무 힘들어서 그래

갑자기 눈물이 흐른 적 있어?
그건 정말 힘들어서 그런 거야.
감정선이 불안정해져 슬픔을 느끼기 전에
자신도 모르게 눈물이 나온 거지.
나도 처음엔 놀라면서 눈물 닦기 급했는데,
원인을 알고 나니 나 자신에게 미안하더라.
이렇게 망가질 때까지 내버려 뒀다는 게.

그동안 다가가지 않았던 만큼 깊은 상처가 생겨
낫기까지는 오래 걸릴지라도,
불안정한 마음을 달래주고 위로해주자.
소중한 너와 나잖아.

슬픔만 가득 찬 인생은 없으니까

너의 꿈을 이뤘으면 해

내 주변에 분명 재능은 있는데,
빛을 보지 못하는 사람이 있어.
아쉽지. 좀만 더 노력하면
별처럼 반짝일 수 있는 사람이 포기한다는 게.
내가 더 속상한 마음에 끝까지 해보라고 말하지만,
돌아오는 대답을 들으면 대부분
금전적인 문제라 할 말이 없더라.

마음이 아파. 내 꿈도 돈 때문에 깨진 적이 있으니깐.
한 번 포기하는 것도 미련 남아 너무 힘들었는데,
여러 번 무너지고 깨지면 어떨까?
아마 자존감도 살아갈 마음도 낮아질 것 같아.

그래서, 난 네가 한 번 잡은 목표를 놓치지 않았으면 좋겠어.
빛이 있을 법한 틈새라도 찾으면서 지내는 것만으로

행복할 수도 있잖아.

후회하지 않고 살아가는 게 진정 잘 사는 사람이더라.
나는 네가 원하는 걸 이루며 잘 살기를 바라고 있어,
응원할게!
분명, 할 수 있고 이룰 수 있을 거야.

한숨

갈수록 한숨이 늘지 않아?
힘든 순간에만 나오던 한숨이 일상이 된 것처럼,
그만큼 우리가 아프고 힘들어졌다는 거겠지.

평생 안 할 수는 없어도 줄일 수는 있을 것 같은데,
우울함보다 행복함이 외로움보다 즐거움이 더 많아져야겠지.

그래, 방법을 알았으니 같이 노력해보자.

과속방지턱

누구나 걱정과 초조함으로 인해
불안정한 상태일 때가 있지.

결단력도 판단력도 평소보다 떨어지니
실수가 잦아져 더욱 심란해지잖아.

그럴 때를 방지하기 위해 내면에 과속방지턱을 설치해보자.
급하다 싶으면 잠깐 속도를 줄이고
다시 안정적으로 나아가기 위한 수단을 세우는 거지.

예를 들어서 나 같은 경우엔
글이 안 써지면 펜을 내려놓고
잠깐 잠을 자거나 산책을 하기도 해.
이렇게 사소한 거라도 내게 여유와 안정을 줄 수 있다면
곳곳에 나만의 과속방지턱을 만들어보자.

슬픔만 가득 찬 인생은 없으니까

더 행복해지기 위해서

덜 불안하기 위해서

공부가 정답은 아니기에

"공부 안 하면 저렇게 돼."
왜, 못사는 거랑 잘 사는 것의 기준이 공부가 된 걸까?
유명 대학을 졸업해도
취업난에 휘말려 다 같이 고생하는 세상인데.

난 공부를 차선책이라 생각해.
열심히 하면 좋지만, 삶의 정답은 아니야.

공부 말고도 다양한 경험을 비롯해
여러 기회를 창출할 수 있는데,
사회가 만든 좁은 시야 때문에 책상에만 앉게 되는 거지.

요즘 10대 희망 직업 중에 공무원이 포함되어 있는데,
정말 그 어린 애들이 원해서 하고 싶은 걸까?
물론, 안정적인 삶을 원한다면 존중하고 응원해.

슬픔만 가득 찬 인생은 없으니까

반대로 아니라면 잠시 펜을 두고
진정 무엇을 하고 싶은지부터 찾아봐.

생각보다 많은 직업과 삶이 기다리고 있으니
마음을 환기할 겸 고립된 방을 잠시 나와, 세상을
멀리 바라봐봐.

어떠한 꿈을 가져도 좋으니 목표를 정했다면
자신감을 가지고 나아가면 돼.

불쌍하지 않아

난 네가 겪은 아픈 과거를 동정하지 않아.
불쌍하다고 생각하지도 않아.
그저, 너의 변화를 지켜보고 응원할 뿐이야.

슬픔만 가득 찬 인생은 없으니까

뉴스

언제쯤 뉴스에서
아나운서가 웃으며, 좋은 소식만을 전해주는 세상이 올까?

매일 어두운 세상 이야기만 전해야 하는
그들의 암담한 표정 대신 밝은 미소가 보고 싶네.

전하는 사람도 듣는 사람도
저녁 9시 TV 앞에서 모두가 웃을 수 있는 세상이
오길 바랄 뿐이야.

유지

어릴 때 지우개가 없어지면 교실 전체를 뒤지듯이,
사소한 거라도 잃어버리면 속상하지.

애석하게도 살아가다 보면 잃어버리는 것이 익숙해지더라.
시간도, 젊음도, 건강도, 사람도
자연스럽게 잃어가는 게 삶이니깐.

쌓이는 것보다 잃어버리는 게 많으면 유지라도 해야지.
과하게 소모되지 않게끔. 딱 그 정도만.

슬픔만 가득 찬 인생은 없으니까

노래

행복할 땐
노래의 멜로디만 들렸는데,

힘들 땐
가사까지 들리더라.

위로 한마디라도 듣고 싶은 마음에
눈을 감고 귀를 기울여서 그런가 봐.

차근차근

방법을 모르겠다면
잠시 쉬었다 해도 좋아.

쉬는 것조차 불안하면
잠시 무거운 짐을 내려놔도 좋아.

뭐든 좋으니 너무 힘들어서
무너지지만 않았으면 해.

슬픔만 가득 찬 인생은 없으니까

어른에서 아이로

이른 나이에 어른이 되어버린 사람.

성숙해야만 했고, 아픔을 말할 수도 없이
버텨야만 했던 시간과 순간이 많았겠지.

나이에 맞게 사는 것도 힘든데,
홀로 어른이 되어야만 했던 이유가 있는 삶이었겠지.

그들이 놀이터에서 놀고 있는
아이들의 미소를 따라 해도 좋으니
잠시 어린아이가 되어,
못다 한 시절을 조금이라도 채웠으면 하는 마음이야.

늘 곁에

행복이 불안해질 때가 있지.
금방 달아날까, 금방 깨질까,
두려운 마음에.

걱정하지 말고 밝게 웃으며 지내렴.
달아나도 너의 주위를 맴돌 거고,
깨지면 더 많은 행복으로 다가올 거니깐.

슬픔만 가득 찬 인생은 없으니까

중점

최고가 되기 위해선
최선을 다해야 한다는데,

최선을 다했다고
최고가 될 수 있는 건 아니다.

삶이 얼마나 각박한가,
그저 최선의 중점을 두고 사는 게 마음이 편하더라.

매일 힘들었던 이유

암담한 오늘을 회피하면서
다가오지 않은 내일만을 기다리고 있었네.
이 순간만 지나가면 괜찮을 거라는 망상을 하며,
피하고 숨기만 했네.

그래서 오늘도 내일도 힘들었던 거였어.

언젠가 겪어야 할 문제를 미룬 거뿐이었으니깐.

슬픔만 가득 찬 인생은 없으니까

잘못 없어

네 잘못 아니야.

우울한 것도, 아픈 것도

눈물이 흐르는 것도 네가 잘못해서 그런 거 아니야.

그러니 자책하지 않아도 돼.

홀로 전부 떠안으려 하지 않아도 돼.

힘들다고 말해도 돼.

얽매인 매듭

과거를 돌아보는 건 괜찮지만,
얽매이는 것은 좋지 않다.

지나간 시간에서
후회와 미련이 남았던 일을 떠올리며 자책하는 건
앞으로 다가올 미래의 문제가 될 수도 있기 때문이다.

그러니 나아가기 위해선
과거를 짊어지거나 내려놓고 걸어가 보자.

현재의 시간은 곧 과거가 되고
다가올 미래도 금방 과거가 될 것이고
계속 후회만 하며 살 수 없으니깐,
그만 벗어나려고 노력하자.

슬픔만 가득 찬 인생은 없으니까

서툴렀던 거뿐이야

지난 실수를 오래 후회하지 않았으면 좋겠어.
그 당시 스스로 선택했던 최선의 방법이
아쉽게도 결과가 좋지 않았던 것뿐이었으니깐.
못나서가 아니라 서툴러서 그랬던 거였으니깐.

2장

만남과
헤어짐의 사이에서

사랑한다는 건

사랑한다는 건
생각보다 위험하더라.

사랑하는 연인에게
내가 가진 모든 걸 주게 되니깐.

그녀가 떠나가면
남은 건 상처밖에 없더라?

미련 남아 흘린 추억 주워서 간직하는 게
또, 사랑이니 더욱 아프더라.

스쳐 지나간 것은 아닌지

당신에게 묻고 싶은 게 있습니다.
나를 사랑하긴 했었나요?

그저, 스친 인연 중 잠시 머문
사람은 아닌지 궁금해요.

난 당신이 떠나간 자리에서
맴돌며 하염없이 우는데

당신은 금방
나 아닌 다른 사람과 웃으며
지내는 게 밉고 서럽네요.

행복했던 과거, 당신과 마주 보며 웃고
지내던 시절이 있기에 그만 원망하려 합니다.

저는 그대를 사랑했습니다.
그대를 진심으로 대하고
걱정했습니다.

그걸로 후회와 미련이
남지 않을 거라 굳게 믿었는데

너무 사랑한 나머지
당신이 생각납니다.

만남과 헤어짐의 사이에서

들풀

어찌, 너를 하찮게 생각하나?
눈에 담기 벅찰 정도로 빛나는 너인데.

넌 흔한 사람이 아니다.
수많은 사람 중 내가 좋아하는 건
오직 너 한 명이니 내겐 가장 소중하다.

12월

하얀 눈, 차가운 바람만이
스쳐 온몸이 차갑네

시야는 흐릿해지며,
손의 색은 마치
시든 풀과 같아

꽃이 핀 동백나무와 비교돼,
사람들은 시든 야생화인
나를 봐주지 않네.

추운 겨울, 홀로 눈 속의
파묻히는 것은 아닌지
불안한 순간

눈의 결정과 같은

아름다운 당신이

나에게 내려앉아

외롭지 않네

올해가 끝나기 전

당신을 만나 행복하네.

겨울이 좋더라

여름, 무더운 날씨는
우리 사이를 멀리 만들었다.

난 달라붙고 싶어도
네가 덥다 하여 다가가지 못하니
여름이 싫다.

겨울, 코끝이 쨍한 날씨는
우리 사이를 가깝게 만들었다.

살과 살이 스치며 느껴지는
마찰과 온기는 마음도 몸도
따뜻해져 겨울이 좋더라.

꽃아

붉은색을 띠는
꽃 한송이에게

"꽃아, 이리저리 옮겨 다니는 벌들 말고
온전히, 너에게만 가는 나만 봐주렴."

"너에게 받아가는 그 이상으로
내가 가진 좋은 것만 모두 줄 테니."

안부

밥은 잘 먹고 지내는지
힘들어했던 일은 잘 해결됐는지

우연히 만나면
몇 마디 말 붙이려 건넬 안부를 생각한다.

만남과 헤어짐의 사이에서

내가 가진 모든 걸 주지 말걸

세상의 하나뿐인 나를 너에게 줬다.
믿고 의지했으니깐.

감정, 시간, 돈
나에게 쓰는 건 아까웠지만,
너에게 쓰는 것은 전혀 아깝지 않더라.
모든 걸 가져가도 괜찮으니
다음 생에도 너와 함께이기를 바랄 뿐이었다.

하지만, 아무리 좋아도 매일 반복되면 질리는 듯
너는 내가 아닌 새로운 자극을 느낄 수 있는 사람을
찾고 있더라.

괜찮다.
다시 올 거라 믿고 기다렸다.

똑같은 자리에서 한결같이 1년 동안
쭈그린 채 혼자 있었는데,
어째서 돌아오지 않고 어디론가 멀리 간 것인가.
지난 과거, 필요한 부분만 도려가도 좋았던
너를 이젠 모르겠다.

헷갈리며 1년을 또 기다렸다.
수많은 인파의 둘려 행복하게 웃고 있는 너의 SNS
사진만을 바라보는 것이 전부였다.

"그만하자"라고 한 마디만 해주지.
그랬더라면 지금의 처량한 모습까진 아니었을 텐데.

한없이 좋아했던 사람을 원망하지 않으려 했는데
목 놓아 울며 2년 전 내 모든 걸 줘버린
지난날을 후회한다.

만남과 헤어짐의 사이에서

고마운 건 딱 한 가지

다신 너와 같은 사람뿐만 아니라

모든 사람에게 "나"를 주지 않겠다는

다짐이 덕분에 생겼다.

달과 별

매일 밤 환하게 반짝이는
별과 달이 질리지 않고
좋은 것처럼
늘 그대가 좋다.

만남과 헤어짐의 사이에서

겨울꽃

추우니
꽃이 지네.

하늘엔
회색빛 구름만이.

그늘 밑
꽃은 햇빛을 기다리네.

따스한 봄을
그리워하며
같은 자리 머물며
활짝 피어나기를 바라네.

헤어진 연인을 꿈에서 다시 만났던 날

작년 10월 어느 금요일, 평생 잊지 못할 꿈을 꿨다.
정말 사랑했던 전 연인을 꿈에서 만났다.

영화와 같은 분위기가 나의 머릿속에서 연출됐다.
멀리 보이는 단발머리, 뒷모습만 봐도 그녀인 것을
단번에 알아챘다.

하고 싶은 말이 많았다.
미안했다고, 사랑했다고, 보고 싶었다고,
가끔 내 생각한 적이 있냐고,
마지막으로 잘 지냈냐고 물어보고 싶었다.

행복과 슬픔이 공존하는 애매한 감정이
나를 웃고 울렸다.

다가가려 그녀가 있는 곳으로 천천히 걸어갔다.
하지만, 그녀 곁에는 사람들 사이에 가려진
한 남자가 보여 잠시 멈췄다.

내 마음은 모르는 듯 두 사람은 서로를 바라보며
굉장히 행복하게 웃고 있었다.
아련하면서도 저릿한 마음이 가슴을 쑤셔
미치도록 아프더라.

결국, 꿈에서도 용기를 내지 못하고 그녀의 반대 방향으로
뒤돌아가 한참을 방황하다 꿈에서 깨어났다.

눈을 뜨니 옆에 아무도 없는 공간이 애석해
숨을 가쁘게 쉬며 울었다.

그래도 행복했다.
다시 만날 수 있어서, 내가 사랑한 사람 중에
가장 보고 싶었으니깐.

여백의 미

넌 내게 말했지.
아무것도 없는 자신을 왜 사랑하냐고,
그 순수한 여백이 좋기 때문이다.
함께 채울 수 있는 공간을 지닌 네가 좋다.

만남과 헤어짐의 사이에서

푸른 소나무와 같이

사계절 언제든 푸른색인 소나무처럼
난 한결같은 사람이 좋다.

영원을 말하며
사랑을 다짐한 모습이 바뀌지 않고,
안정감을 주는 그런 존재.

친구로는 못 지내겠더라

난 연인과 헤어지는 순간부터 남이 되었지.
친구로 지내자는 말을 하면 조심스럽게 거절하고
확실한 혼자로 지내.

정말 사랑했기에, 보통 친구로 지내는 건
불가능할 것 같아서.

옛 추억에 사로잡혀 다시 만난다 해도
똑같은 이유로 헤어진 적이 있으니깐.

그러니, 현재 관계의 최선을 다해야 해.
못 해준 것에 대해 후회와 미련이 남으면
홀로 그 부담감과 압박감을 이겨내야 하니깐.

만남과 헤어짐의 사이에서

남아있네

당신의 존재 자체가 나에겐
너무 컸기에 마음속 그대 잔상이
쉽게 사라지지 않습니다.

당신과 함께 걸으며 발자국을 새겼던 길엔
여운이 남아있습니다.

당신이 줬던 편지에는 아카시아 향수의 잔향이 남아
받던 순간의 짙은 향기가 기억납니다.

어째서, 저와 결별했나요.
이렇게 아픈 사랑이었다면 그댈 담아두지 않았을 텐데.

첫사랑

누군가, 저에게 사랑의 기준이 뭐냐고 물어본다면
순수한 마음으로 좋아하고 사랑했던 첫사랑을
떠올리며 얘기할 것 같아요.

첫사랑인 그녀가 제 머릿속에서
잊히지 않는 게 신기하고 부럽네요.
저도 누군가의 첫사랑 대상이 되어
보고 싶고, 잊히지 않는 사람으로 남고 싶네요.

사랑이라는 주제의 꼭 나오는 말이 있죠?
"첫사랑과 연인으로 이루어진다는 건 기적이다."
귀가 얼얼해지도록 들었는데
맞는 말이라 뭐라 할 수가 없네요.

사랑할 줄도 받을 줄도 몰랐기에

만남과 헤어짐의 사이에서

우린 첫사랑이 더욱 기억에 남죠.

이젠 그 방법을 알았지만, 이미 서로가 하염없이

멀어져 있고 볼 수 없는 관계가 되어

추억으로만 남게 됐죠.

그로 인한 후회와 미련이 괴로울 거예요.

그렇다고 그리움에 남아있을 필요 없어요.

당신하고 나만 더 힘들 거예요.

진정 좋아했다면 이젠 그만 그녀를 놓아볼까요?

그저, 그녀가 좋은 사람과 잘 지내길 바라요.

덕분에 충분히 사랑을 배웠고 사랑했으니 고마움만

간직한 채 그리움에 벗어나 봐요.

그저, 너

네가 내 첫사랑이라서 다행이다.
사랑이란 감정을 순수하게 느꼈고,
이해와 배려하며 마음을 넓히게 되었고,
이별이라는 마지막을 통해 소중함을
알게 되었으니깐.

그저, 처음이 너라서 좋았다.

헤어지는 말

"헤어지자."

수많은 연애를 하면서 처음 들었던 이별 통보.

아직 놓아줄 준비가 안 된 이별은 너무 아프더라.

그러니 우리 헤어지자는 말 쉽게 내뱉지 말자.

서로의 생각이 다르면 맞추려고 노력할 테니,

성급하게 말하지 말아줘라.

이별은 언제나 어렵고 두려우니깐.

바랄 필요 없이

이상형?

그저, 운명적인 사람.
그걸로 됐지, 더 바랄 게 어디겠어.

애매하게 굴지 않기

이별을 암시하는 듯한 분위기를 오래 끌지 마.

떠날 것처럼 계속 불안감을 주면 상대방이 얼마나 힘든데.

이별할 거면 이별하고, 사랑할 거면 사랑해.

애매하게 굴어서 괜히 상처 주지 말고 솔직하게 말해.

잘 지낸다는 거짓말

우연히 만난 전 연인이 내게 인사를 건네고 안부를 물었다.

"어떻게 지내?"

"이별한 뒤로 계속 힘들어." 솔직하게 말하고 싶었지만,

"잘 지내고 있어."

애써 웃으며 거짓말을 했다.

사소한 것도 신경 쓰는 그녀였기에.

서로가 스쳐 지나간 후 울지 않았으면 하는 마음에.

그 시절

연인과 헤어지면 과거를 회상하며 그리워하지.

그 시절에 비해 현재가 불행하니깐.

지친 이별

6살 꼬마 아이 일기장에 이별 이야기가 적혀있다.
얼마나 서러웠는지 내지에 눈물 자국 가득하여
글씨를 알아볼 수가 없다.

22살 어른의 일기장에도 이별 이야기가
수록되어 있다. 얼마나 아팠는지 종이가 구겨져 있고
아직 이별하는 중인 것인가
마지막 문구엔 마침표가 찍혀 있지 않다.

이별이 어색한 유년과 다르게
이별이 익숙한 현재지만,
아픔의 깊이와 크기는 달라도 느낌은 같더라.

그러니 우리 지칠 대로 지쳐버린 이별 그만하자.
너무 아프고 서러운 감정 그만 겪자.

만남과 헤어짐의 사이에서

외로운 마음 알지만

연인과 헤어지면 공허하고 외로운 게 당연해.
늘 곁에 있던 사람이 한순간 사라졌으니깐.
그렇다고 해서 외로움을 달래기 위해
새로운 사람을 만나려고 애쓰지 마.

나중에 봐봐.
또 상처만 남고 계속 새로운 사람을 찾게 될걸?
시간이 지나 안정적인 마음으로 돌아오면
더 좋은 인연이 다가오니 좀만 참아봐.

흰 눈

그 사람 "하얀 눈" 같습니다.
제게 살포시 내려앉아, 시들고 얼룩진 저를
순수한 색으로 덮어줍니다.

신문지

난 신문지와 같아,
너의 눈물이 나에게 떨어지면

가벼웠던 몸과 마음이
한없이 무거워지다 찢어지네.

혼자

많이 좋아하고 사랑했던 만큼
헤어지니 미안함이 남네.

후회하지 않을 정도로 너만을
바라봤는데도 그리움이 남네.

이미 갈라진 인연이고
멀어졌기에 묵묵히 버텨야겠지.

이젠 혼자서.

결말

이전과 다른 거리감이 생겨
그 순간부터 이별을 준비했다.

좋은 사람으로 남아야 하나
나쁜 사람으로 남아야 하나
수없이 고민했는데, 헤어지니
너에게 나는 이미 나쁜 사람이더라.
이별의 결말은 정해져 있었네.

사랑의 과정과 끝

잘 맞던 우린 어쩌다 관계가 뒤틀려진 걸까.
행복했던 우린 어쩌다 서로의 불행이 되었을까.
따뜻했던 우린 어쩌다 한없이 차가워졌을까.
사랑했던 우린 이별을 계획하지 않았는데,
어쩌다 헤어진 걸까.
평생을 다짐했던 우린 다시 만날 수 있을까.

만남과 헤어짐의 사이에서

미소

너와 함께 있어도 외롭더라.
평소였으면 안 그랬을 텐데.

순간 사랑을 의심하게 되어
머리가 복잡해져 있는데,
그런 내 마음 모르고 넌 날 보며 방긋 웃더라.

순수한 사람아 내게 얼마나 아픈 미소였는지
시간이 지난 지금도 잊히지 않고 기억난다.

잘 지내면 돼

헤어진 그 사람, 당신의 걱정과 달리 잘 지낼 거예요.
고맙기도 슬프기도 하지만, 그마저도 사랑이라 많이 아프죠.

정말 사랑했던 연인과의 추억은 지울 수도 없어,
잠시 덮어두는 것뿐이잖아요.
그래서 가끔 전 연인이 떠올라,
현재 잘 사는지 궁금해하기도 그리워지기도 하죠.

그런데 앞서 말했듯이 그 사람 생각보다 잘 지낼 거니깐.
이젠 당신만 잘 지내면 돼요.
그대가 웃어야 묶여있는 아픔이 희미하게 남을 수 있으니.

눈빛

그녀가 나를 바라봐줘서 좋다.
단순히 눈을 마주쳐서가 아니라
맑고 순수한 그녀의 눈빛이 나의 가치를 빛내주며
자존감도 올려주기에.

주변 사람들이 말하길
"점점 멋있어진다."
전부 그녀 덕분이다.

자국

그녀가 보내준 사진 2장을 벽지에 붙였다.
단조로운 흰색 배경에 아름다움이 더해져
심심했던 느낌이 풍족해졌다.

매일 아침 눈을 뜨면 그녀가 눈앞에 있어,
시끄럽게 지저귀는 새의 울음소리마저 웃음소리로 들렸다.

하지만, 사진이 변색 되는 거처럼 빨간색 사랑도
점차 어두운색으로 변해갔다.

그해 겨울, 내리는 눈이 그녀의 모습을 가리며
이별하게 되었다.

꽤 긴 시간이 지난 후
초점을 잃은 눈으로 벽지에 붙은 사진을 떼어보니

테이프 자국이 심하게 남고 벽지가 조금 뜯겨나갔다.

벽지가 난해하더라. 마치 내 마음처럼.

나에게 벽지는 한 장뿐인데,

그녀로 인해 지워지지 않는 자국이 남았다.

필요 없는 사람

"만나서 얘기할 게 있어."
그녀가 무심하게 보낸 문자를 읽고
이별을 암시했다.

평소였으면 이쁜 옷을 입고 나갈 텐데.
유독 그날만큼은 점잖은 옷을 걸치고 밖을 나섰다.

그녀에게 다가가는 길, 발걸음이 무겁고
공기마저 어색했지만 힘겹게 맞이하러 갔다.

저 멀리서 보이는 그녀의 얼굴을 보자마자 느꼈다.
"오늘이 마지막이구나."

근처 카페에서 얘기를 나누기로 했다.
재즈 음악이 흘러나오는 조용한 카페.

그녀가 먼저 말을 꺼내,
자신이 생각한 것을 나에게 전달했다.

듣고 느낀 건 "내가 없어도 되겠구나."
그녀의 표정과 말투 모든 부분이 전과 다름을 느끼고
애써 웃으며 이별을 약속하고 자리를 떠났다.

"이젠 그녀 옆에 내가 없어야 행복하겠구나."

사람도 사랑도 서툴러
영원을 외치면 사랑할 수 없었기에
그녀를 놓아줬다.

그녀의 탓만 있는 것이 아닌
나의 탓도 있기에 미안해하지 않기를 바랄 뿐이었다.

없어도 괜찮은 사람이 되었다는 건 슬픈 일이었지만,
잠시나마 필요했던 사람이라 좋았었다.

끝난 사랑에도 목이 막히고 눈물이 흐르며
설움에 잠길 수 있는 사랑을 알려준 사람
그녀 한 명이었다.

존재 자체

나는 어쩌다 널 사랑하게 되었을까?
분명히 이유가 있었는데, 어째서 생각나지 않는 걸까.

익숙해져서 그런 걸까?
아니면 오랜 시간이 지나 잊은 걸까?

애매한 생각으로 머리가 복잡해질 때쯤
널 보니 기억이 났다.

그저, 네 존재 자체를 좋아했던걸.
내가 잠시 바보처럼 괜한 생각을 했구나.

그런 사랑

만남의 끝은 이별이라는 것을 알고 있다.
함께하는 모든 시간과 순간이
종점을 향해 달려가고 있다는 것도 알고 있다.
영원이란 것 또한 없다는 걸 알고 있다.

다만 내가 너를 사랑하는 이유는
바라만 봐도 설레고,
웃음소리 한 번에 취하고,
말 한마디에 안정감을 느끼니깐.

만남과 헤어짐의 사이에서

그러니 평생은 아니더라도

오랫동안 서로의 곁에서 사랑하자.

오랜 세월 지나도

문득 떠오를 정도로

잃어버리지 않게끔 많이 사랑하자.

사계절

봄엔 벚꽃 나들이 가고,

여름엔 시원한 물놀이를 하고,

가을엔 조용한 카페에서 책을 읽고,

겨울엔 눈사람을 만들며 너와 함께 사계절을 보내고 싶다.

만남과 헤어짐의 사이에서

않게끔

갑작스러운 이별로
숨이 막히고,
머리가 깨질 것이 아프고,
몸이 떨릴 만큼 놀랐겠지.

그 사람과 함께 만든 추억들이 생각나
눈물도 흐르겠지.

안 좋은 생각도 문득문득 떠올라
쓰린 마음 더 상처받을 때도 있겠지만,
자기 자신을 잘 달래주자.

더 놀라지 않게끔
더 아프지 않게끔
더 힘들지 않게끔

3장

나를 웃게 하는
혹은 울게 하는

퍼즐

어떤 사람을 사랑해서 감정을 표현해도
준 만큼 받을 수 없을 때도 있었고,
앞에선 같이 웃으면서 뒤에선 욕하는 사람도 있었기에
힘들었던 순간이 분명 있을 거예요.

그건 당신이 잘못된 게 아니기에
크게 자책할 필요 없어요.

정해져 있는 당신의 퍼즐에 안 맞는 퍼즐 조각이
들어왔을 뿐이죠.

나를 웃게 하는 혹은 울게 하는

소문은 의심해야 해

거짓된 소문으로 피해받은 경험이 있기에
확실하지 않은 말들은 의심부터 하게 돼요.
그것만 믿고 사람을 달리 본다면 당사자가
얼마나 힘든지 아니깐.

좋은 대인관계를 위해서는 모두의 말을 들어보고
생각을 정리하는 게 확연히 좋더라고요.

부모와 자식

부모, 자식 아무리 오랫동안 같이 살았어도
엇갈릴 때가 있다.
처음 해본 각자의 역할이기에
더욱 대화가 필요하고 이해를 해야 한다.
순서 없이 먼저 다가가고 받아줘야 한다.

충분히 밖에서 스트레스받는데 편히 쉬는 공간인
집에서 마저 싸운다면 그토록 힘든 게 없더라.

나를 웃게 하는 혹은 울게 하는

모르는 사람이라도

아무리 말해도 사람들은
내 마음을 전부 알아주진 않더라.

매번 알아달라며
말할 수도 없어 현 위치 감정선에 머무른다.

벗어나고 싶기에 모르는 사람이라도 괜찮으니
아무 이유 없이 괜찮냐고 물어봐 줬으면 좋겠네.

모기

당신이 힘들다 해서
다른 사람의 기분을 뺏고 상처를 주지 마세요.

당신이 상대방의 내면을 문다면
불쾌한 간지럼으로 긁어서 생긴 상처가 남을 거예요.
그 사람은 죄가 없는데 왜 다쳐야 해요.

당신이 가진 병을 나눌 필요는 없으니
곁에 있는 사람에게 잘해주세요.

나를 웃게 하는 혹은 울게 하는

넌 이쁜 말만 들어도 부족해

힘들 때만 찾는 사람이 주변에 있어?
있다면 그 사람과의 관계를 멀리해.

뭐가 좋다고 안 좋은 얘기를 매번 들어줘?
여러 감정을 같이 나누는 친구도 아니고
힘든 것만 얘기하는 건 도대체 뭐야.

힘든 것만 계속 들어주기만 하면 너도 그 사람
기분과 같이 안 좋아질 거야.
나도 그랬던 경험이 있으니, 걱정돼서 하는 말이야.

주변에 좋은 사람만 있으면 좋겠어.
네가 그만 상처받았으면 좋겠어.
넌 이쁜 말만 들어도 되는 사람이니깐.

톱니바퀴

상대방을 맞춰주는 건 좋지만,
혼자만 맞추려고 노력하면 아무 소용없어.

톱니바퀴가 서로 잘 맞물려야 돌아가는 것처럼
관계도 서로 이해하고 배려하면서 맞춰야만
원만한 사이가 유지되니깐.

그러니 혼자만 애써서 힘들게 변화를 만들려고
하지 않았으면 좋겠어.

나를 웃게 하는 혹은 울게 하는

정해져 있는 공식

내가 좋아하는 사람은 나에게 관심이 별로 없는데,
내가 싫어하는 사람은 나에게 관심이 그렇게 많더라.

보고 싶은 사람은 만나기 힘든데
마주치면 토 나올 것 같은 사람은
너무 자주 마주쳐 세상이 밉더라.

인간관계의 정해진 공식인 것 마냥
우연이라고 하기에는 너무 빈번하게 일어나네.

목적 없는 사람

순수한 마음으로 나와 친해지기 위해 다가오는 사람이
몇 명이나 될까?
어릴 적 놀이터에서 만난 친구들이 마지막이었던 것 같네.

사회에 나가보니 믿을 만한 사람 별로 없더라.
이용하려는 사람, 감정 쓰레기통으로 사용하는 사람,
돈 빌려달라는 사람,
그들의 시선에 내가 어떻게 보이는 건지 모르겠지만
정말 허탈해.
엄마, 아빠, 누나 우리 가족만 빼고
다들 나에게 목적이 있는 것 같아.

그렇다고 가족이랑만 지낼 수 없으니
오늘도 가면을 쓰고 밖을 나가게 돼.

나를 웃게 하는 혹은 울게 하는

그렇게 점차 나도 사람들에게

목적만을 보고 다가가면 어떡하지?

정말 그러고 싶지 않은데.

불편하지 않아야 친구지

사소한 모든 걸 트집 잡으며, 싫증 내는 사람이 주변에 있지
않아? 참 피곤한 사람이지. 어떤 행동도 이해하지 않고 투덜
거리니깐. 누구나 한 번쯤은 경험해봤을 사람이니 더욱 잘
알 거야.

그런 사람은 멀리할 필요가 있어.
친구 사이에 권위적으로 행동하는 거잖아.
자기보다 높은 직급에 있는 사람한테 그럴 수 있을까?
편한 사이라서 불평을 말할 수 있지만,
굳이 매일 투정 부리는 걸 받아줄 필요는 없어.

그 사람이 뱉은 말로 네가 상처받는 건 너무 싫어.
편안한 사이가 아닌 불편한 사람과
지내는 게 얼마나 힘든데.

나를 웃게 하는 혹은 울게 하는

좋은 사람들만 곁에 둘 수는 없지만, 줄일 수는 있으니
주관적인 기준을 세우고 관계를 정리하는 것을 추천해.

우연히 받은 위로

SNS 작가로 활동하면서 많은 사람에게 연락이 왔어.
그중 가장 기억에 남는 사람과의 대화가 생각나네.

이름도 얼굴도 모르는 분께서 늦은 저녁에 연락이 왔어.
"작가님 힘드실 때 말씀해주시면
제가 언제든지 위로해드릴게요."

난 위로와 공감에 대한 글을 쓰는데,
그분은 어째서 반대로 나를 위로해준다는 거였을까?
궁금증이 생겨서 내가 요즘 너무 마음 아픈 글만 썼나 확인
했는데 그렇지도 않아 더욱 궁금했지.

그렇게 몇 분 고민하다가 답장을 못 드렸는데,
금방 연락 한 통이 왔어.
"위로해주는 사람도 때론 위로가 필요할 것 같아,

나를 웃게 하는 혹은 울게 하는

걱정되는 마음에 연락드렸어요."

순간 말을 잃었지. 그날 힘들지 않았는데 걱정, 위로가 섞인
문자를 받으니 마음이 편안해지더라.

사실, 내가 쓴 위로 글이 사람들에게 듣고 싶던 말일 수도 있
겠다는 생각을 했어.
그 한 마디를 통해 하루가 행복했으니깐.

우린 예상치 못한 위로를 받으면 어색하면서도 좋지.
주변을 둘러보고 힘들어 보이는 사람 있으면 다가가서
"무슨 일 있어?" 한 마디만 해줘.
힘든 사람에게는 잊지 못할 순간이 될 수도 있으니깐.
힘든 세상 모두가 돕고 사는 거지.

악연

떼어낼 수 없을 만큼 뒤엉킨
악연이 한 명쯤은 있을 거야.

밀쳐낼 수조차 없이 다가오는
그 사람 때문에 목이 조여오지 않아?

원했던 사람도 아닌데, 괜히 관련돼서
알고 지낸 걸 원망하고 후회하지.

인연을 무시할 수 없지만, 회피할 수는 있잖아.
잘 지내려고 노력해봐도 안 맞는 사람은 절대 안 맞아.
애초에 맞았더라면 지금처럼 힘들지도 않았겠지.

피할 수 있으면 피하는데, 숨지는 마.
잘못한 게 없는데 왜 숨어야 해.
당당하게 무시하고 살아가 봐.

나를 웃게 하는 혹은 울게 하는

땅만 보고 가면 부딪혀

대인기피증이 있었을 때, 잘못한 것도 없는데
고개를 30도 숙인 채 걸어 다녔어.
사람들이 무섭기도 했고 역겹기도 해서.

앞에선 한없이 좋은 사람인 척하고,
뒤에선 나에게 고통을 주는 사람들을 포함해
안 좋은 상황들이 한 번에 몰려와서 그랬지.

더는 시선도 관심도 받기 싫었어.
어차피 금방 떠날 거고
좋게 봤다가도 안 좋게 볼 게 뻔하니깐.

마음에 억압되어있는 설움과 미움이
쌓이고 무너지는 게 반복되니
세상을 보고 싶지 않았어.

정면보다는 아래를 보는 게 편하더라.
수많은 사람을 보는 것보다
밑에 굴러가는 돌이 더 반가웠어.

그런데 아래만 보고 가면
앞에 있는 무언가에 부딪히게 돼.
피할 수 없는 게 사람이고 세상이니깐.

매일같이 고개를 숙이고 살 수는 없을 거야.
언젠가는 고개를 들고
정면을 마주해야 하는데,
너무 오래 숙였다가
굳어버리면 곤란할 거야.

생각해보면 잘못한 것도 나쁜 짓도 한 게 아닌데,
우리가 왜 숙이고 다녀야 해?
억울하지 않아?

나를 웃게 하는 혹은 울게 하는

충분히 상처받았으면 됐는데

어디까지 더 받아야 해.

그러니, 우리 고개 들고 살자.

너도 멋진 풍경 보는 게 좋잖아.

어무니

엄니, 손길이 왜 이리 갈라졌어?
나랑 누나 키우려 고생해서 그런겨?

늘 미안혀, 엄니는 맨날 날 걱정하는데
못난 아들내미는 나이 먹고 힘들 때만 엄니 찾아서

갈라진 손과 얼굴의 주름을 볼 때마다
내가 새긴 상처인 것만 같아 속상혀.

마냥 늙지 않을 것만 같고
든든했던 엄니도

어느 순간 가냘픈 사람이 되어
곡소리를 내는 게 시간이 야속하네.

나를 웃게 하는 혹은 울게 하는

어른이 되니 알겠더라고

나 혼자 지내기도 힘든데,

엄마라는 이유로 얼마나 더 힘든 시간 지나쳐 왔을지.

담배

아부지, 기억날랑가?
어릴 적 내가 매일 같이 담배 끊으라 했던 거 말이여.

코를 찌르는 매운 연기의 냄새도 싫었지만,
무엇보다 소중한 사람을 잃기 싫어서 그랬던 겨.

근데 아부지는 못 끊고 계속 피워서 밉더라고
그래서 비탈길을 걸어온 듯 지친 안색으로
퇴근한 아부지 한 번을 못 안아줬네.
아들이 그때만 생각하면 후회혀.

코를 막으면서까지 달려가 품에 안겼어야 했는데
내가 안기지 못해 생긴 공백을 연기로 채운 건 아닌지
더 미안하고 안쓰럽네

나를 웃게 하는 혹은 울게 하는

아부지, 나도 어른이 되고 담배를 피우는데

이제야 왜 피는지 알겠더라고

지치고 힘든데 의존할 데가 없어 피는 거란 걸.

나중에 아부지 손자 태어나면

나도 아부지가 받은 상처 똑같이 받겠지?

아부지 아들이 달래주지 못한 것처럼.

소중한 사람에게 소중히

대인관계에 지쳐 힘들 때,
괜히 사랑하는 사람을 향해 큰소리치지 않아?
그 사람 아무 잘못 없고 곁에만 있어 준 건데,
무심코 뱉은 말 한마디에 상처받고 슬퍼할 거야.

힘든 너의 마음을 알아달라고 외친 거 알지만,
그러지 않았으면 좋겠어.
후회할 거야.

말은 씻을 수 없이 번지게 되어있거든.
서로에게 지워지지 않는 색을 새기지 않도록 해봐.

나를 웃게 하는 혹은 울게 하는

위로를 건네는 건 어려워

공감하는 척 고개 몇 번 흔들면
위로되는 줄 아는 사람들이 있어.
당사자가 아무리 힘들어도 눈치를 못 챌까?
절대 아니야.

이야기를 들어줄 거면
힘든 사람에 표정과 눈을 바라봐줘.
쉽게 넘어갈 수 없을 만큼 안 좋을 거야.
그 모습을 본 너도 느끼는 게 많겠지.

감정을 공유하고 이해하기에는
체력적으로나 심적으로 부담이 있어.
그만큼 타인을 위로하는 건 단순하게 아니야. 어려운 거야.
하지만, 너란 사람이 한 명의 사람을
달래줄 수 있다는 것만으로도 대단한 사람이야.
아무나 할 수 있는 건 아니니깐.

이해가 필요해

자신의 가치관과 맞지 않는다는 이유로
남을 굉장히 불편해하는 사람이 있지.

사람마다 각자의 성향이 전부 다른데,
자신에게 잘 맞는 사람만을 고집하면서
평생 살아갈 순 없어.

물론, 나도 친하고 잘 맞는 사람이랑만 지내고 싶고
불편한 사람을 거리감을 두고 싶은데,
깊게 생각해보면 지나친 욕심이더라.

이해가 필요해.
어려운 거라서 받아들이는 방법부터
인지하는 순간까지 연습해야지.

나를 웃게 하는 혹은 울게 하는

천천히 해보자.

미숙하고 서툰 인연을 위해서.

사랑, 갈구하지 않기

무슨 짓을 해도 사랑받았던 유년 시절과 다르게
나이를 먹을수록 사랑 주기도 받기도 힘들어졌다.
세월이 지나도 한결같이 난 사랑이 좋은데.

어떻게 하면 모두에게 이쁨을 받을 수 있을까?
잘 보이고 싶었고, 잘하고 싶었다.

내가 힘들어도 주변 사람들이 힘들다면
먼저 다가가 이야기를 들어주고 위로해줬다.

그렇게라도 하면 관심과 애정을 줄까,
나란 작은 화분에 부정적인 씨앗을 스스로 심었다.

결국, 화분 속엔 새싹도 피우지 못하고
썩어버린 씨앗만이 남아 괴롭더라.

나를 웃게 하는 혹은 울게 하는

사랑을 원하되, 갈구하지 말자.

자연스레 건네는 사랑과

억지로 만들어내는 사랑은 확연한 차이가 있으니.

도자기

어렸을 적부터 도자기 공방에 자주 갔었다.
돌아가는 원판에 도예토를 올리고
오직 나의 손길 하나로만
작품을 만들 수 있다는 것에 매료되어
현재까지도 관심사에 빠지지 않는 취미가 되었다.

도자기를 만드는 것이 처음엔 쉬워 보였지만,
살짝만 실수해도 공들여서 만든 작품이
한순간에 망가지는 걸 수도 없이 겪었기에
굉장히 섬세해야 한다는 걸 알게 되었다.

잘 만들었다 해도 굽는 과정에서 깨질 수 있기에
한시 긴장을 놓을 수가 없기에 어려운 공예다.

이런 도자기를 만드는 과정이

나를 웃게 하는 혹은 울게 하는

마치 쉽게 변형되고 깨지는 인간관계와 같은 느낌이 들더라.

만남은 모양이 잡히지 않은 흙과 같고,
갈등은 잘못된 힘 조절로 생긴 변형과 같고,
이별은 뜨거운 열기를 못 버티고 깨진 조각과 같기에
완벽한 인연을 만나는 건 쉽지 않다는 걸.

그러나, 이러한 힘든 과정을 거치고
알고 지낼 수 있는 인연이 생긴다면
완성된 작품과 같이 그 사람을 아름답게 볼 것 같다.

그 사람 언제쯤 나타날지 몰라,
사람을 대할 때는 늘 섬세하고 조심스럽게 행동해야 한다.
작품을 맞이하는 과정과 결과는 오로지 자신의 영향으로 이
루어져 있으니깐.

가볍지 않은

가볍지 않은 이야기를 가볍게 넘기는 사람들로 인해
상처받은 적이 있니?

있었다면,
신뢰했던 사람이 매몰차게 굴어서 마음이 엄청 아팠겠다.

말하는 것조차 용기 내서 말했을 텐데.
상처받은 마음, 또 다른 상처로 얼마나 더 힘들었을까.
나도 그 상처가 있어 알고 있거든.

누구보다 네가 겪은 그 아픔 더욱 잘 알고 있기에
다독여주고 싶어. 더는 곪지 않게끔.

질투

친하게 지내던 사람이
다른 사람과 어울린다 해서 안 서운했으면 좋겠네.

진정 그 사람을 믿는다면
걱정할 거 없이 평소처럼 지내면 돼.
속앓이하면서 초라해질 필요 없어.

잠시 멀어질 순 있어도 분명 그 사람은
네가 좋은 사람인 줄 알고 안 떠나갈 거야.

친구 사이여도 질투하는 자체만으로
상대방을 깊이 좋아한다는 거니깐.

진정 친구라면 그 마음 서로가 잘 알 테니
분명 서로 잘 지낼 거야.

한 발짝

한 발짝 다가갔는데,
한 발짝 뒤로 물러가는 사람에게
시간, 감정낭비를 하지 말자.

아무리 다가가도 이루어질 수 없는
인연도 있으니깐.

그저, 나에게 다가와 주는 사람에게
최선을 다하자.

몸도 마음도 그게 더 편하고
안정적이더라.

나를 웃게 하는 혹은 울게 하는

의심

타인에 호의를 고스란히 못 받아들이고
의심부터 했던 경험이 있니?
나도 누군가 단순히 건넸던 호의에 조건이 붙었나 싶어,
샅샅이 살피면서 의미를 찾기 바빴던 적이 있지.

도움을 받는 게 어색해서 그랬던 것 같아.
점차 나이를 먹으면서 사람에 대한 기준과 경계가 생겨
의심하는 게 자연스러워졌으니깐.

그렇기에 의심을 나쁘다고만 생각하진 않지만,
가끔은 의심을 덜고 편하게 호의를 받았으면 해.

의심에 익숙해진 사람으로 사는 건
피곤하고 지치기 마련이니깐.

별생각 없이 받아들여도 괜찮은 문제를

여러 가지 의미 부여를 해서 복잡해질 필요는 없으니

조금이라도 맘 편히 살아보자.

나를 웃게 하는 혹은 울게 하는

어쩌면

외로운 나를 동정하는 사람들.
자신보다 낮다, 생각하여 나를
불쌍하게 여기는 것 같았다.

완전히 고립되고 나서 힘든 마음을
알아주는 사람이 싫기도, 밉기도 했다.

그런데 또 한편으로는 공감해주고
알아줘서 고맙더라.

결국, 선의라 생각하고 그들의 마음을 받아들이기로 했다.
그 관심을 기다려온 게 아닐까 하는 마음에.

오점

나는 말이 많은 편이야.
밝고 재밌는 사람이지만, 때론 분위기에 휩쓸리면
감정을 주체하지 못하고 들떠서 실수하곤 해.

웃음도 주지만, 상처도 주는
애매한 사람이지.

그런 나의 모습을 보신 아버지가 한 마디를 해주셨어.
"말을 많이 내뱉을수록 오점이 생겨 불리해질 수 있으니
늘 말을 아껴야 해."
어릴 때는 "내 마음대로 말하는 게 뭐가 잘못됐다는 거지?"
가볍게 듣고 넘겼지만, 아버지 말씀이 맞더라.

주변 사람들은 어린 나였기에 이해해준 거지,
각자의 자아와 생각이 형성된 후에는 나와 거리를 두더라.

나를 웃게 하는 혹은 울게 하는

처음엔 떠나가는 사람들이 이해되지 않았지만,
상처받았다는 솔직한 이유를 듣곤
나의 잘못을 인지하게 되었지.

그 후 느낀 건 가벼운 실수라도 "말"이라면
금방 자신의 이미지에 오점이 생길 수도 있어.
오점은 쉽게 지워지지 않으니, 신경을 많이 써야 해.
한순간에 인식이 바뀌는 사례를 봤으면 알 거야.

자신에게도 남에게도 상처를 주고받지 않으려면
생각을 다듬고 전해봐. 훨씬 너도 기분이 좋아지고,
상대방도 편안할 거야.

좋은 관계를 위한 한 걸음은
작은 배려로 시작하니 천천히 해보자!

반대로

뒤에서 욕하는 사람들이 미웠을 텐데,
그들이 좀만 잘해주면 넌 금방 좋아하는 모습을 보이더라.
미움은 익숙한데, 행복은 어색해서 그런가 봐.

도대체 미움이 익숙하기까지
넌 얼마나 많은 상처를 받았던 거니.

너무 아팠을 네가
미움에 어색하고 행복에 익숙해졌으면 좋겠어.

나를 웃게 하는 혹은 울게 하는

해로운 사람

만나지 말아야 할 사람이 있다.
자존감 낮추는 말만 하는 사람,
남을 평가하며 멋대로 가치를 정하는 사람,
생각의 차이를 이해하지 않고 무시하는 사람,
타인의 소중함을 잃게 만드는 사람은 피하자.

감정 소모

자신의 마음도 마음대로 못할 때가 있는데,
어떻게 타인의 마음을 전부 이해하려 해?
그건 배려가 아니라 욕심이고,
쓸데없는 감정 소모일 뿐이야.

그림자

힘들어 보이는 너와 같이 걷고 싶은데.
혼자 있고 싶다 하네.

말을 그렇게 했지만, 너의 마음 알기에
뒤에서 천천히 따라갈게.

네가 괜찮아져 다시 뒤를 돌아보고
나를 반겨줘도 좋으니 아프지 않았으면 해.

그런 사람

눈물을 흘릴 때,
휴지를 건네며 닦으라고 말하는 사람보다
살포시 안아주며 따뜻한 온기를 나눠주는 사람이 좋더라.

자신의 옷에 타인의 아픔이 묻어도
아무 말 없이 다독여주는 그런 사람.

나를 웃게 하는 혹은 울게 하는

덜고, 채우고

살다 보면 말하기 어려운 사정이 생기기도 합니다.
그걸로 인해 불안정해진다면
혼자 앓지 말고 조심스럽게 말을 꺼내 봐요.

불안한 요소를 껴안고 있으면
늘 예민해지기 마련이니깐요.

특히 내 곁에 있어 주는 사람에게
더욱 신경이 곤두서있어,
원치 않은 상처를 남길 수도 있으니
마음의 짐을 덜고 편안함을 채워봐요.

민들레 씨

나에게 다가오는 민들레 씨를 따뜻하게 품어주자.
불규칙한 바람 타고 오느라 놀란 마음 진정시켜주고
다독이며 안아주자.

반면 내 곁을 떠나 멀리 날아가는 민들레 씨는
쫓아가지 말고 내버려 두자.

다른 곳으로 가서 더 아름답게 피어나기를 바랄 뿐
후회도 아쉬움도 남기지 않고 미련 없이 보내주자.

다가오는 것을 사랑하고
떠나는 것을 보내는 연습이 필요한 우리다.

나를 웃게 하는 혹은 울게 하는

4장

누구나
세상에서 유일하다는 걸

계절이 익어가듯

봄은 따스하고
여름은 뜨겁고
가을은 쌀쌀하고
겨울은 차갑고 시린 것처럼
계절이 변하듯 사람 마음도
시간에 따라 여러 온도로 뒤덮이더라.

한결같은 모습이 좋다고 하지만,
변해가는 모습이 나쁜 건 아니야.
날씨처럼 자연스럽게 또는
온도에 적응하기 위해 바뀌는 거지.

누구나 세상에서 유일하다는 걸

비관론자이지만

기회보단 어려움을 찾는 게 익숙해요.

맞아요.
전 비관론자가 되었어요.

모든 상황을 대입해도 부정적인 결과만이 나와
두려움을 간직한 채 살아가는 게 일상이에요.

아픔을 참아내며
끝없이 시도했던 유년과 현재는 많은 차이가 있죠.

그래도 이런 현재를 미워하지 않아요.
살아가기 위해 바뀐 제 모습이잖아요.

아끼지 않을 것

좋은 옷 한 번 사서
중요한 날에만 입고 가고자 했더니
옷장에서 헌 옷 되었다.

맛있는 음식 나중에 먹고자
맛없는 것부터 먹으니
배가 불러 버리게 되더라.

감정도 마찬가지더라.
상처받지 않으려 아끼고 숨기다 보니
더욱 아프더라.

다 써버렸으면 후회는 안 했을 텐데.

나에게 위로를 건네자

스스로 자신에게 건네는 위로는 타인이 건네주는 위로보다
더욱 느끼는 게 많을 거다.
그렇기에 너무 타인의 위로를 목말라하지 말자.
남에게 의지하다가 무너지는 건 한순간이다.
충분히 스스로 극복할 수도 있으니
힘든 자신에게 위로를 건네보자.

먼지가 잔뜩 쌓인 내면의 우편함에 편지를 넣어봐요.
"괜찮아" 한 마디라도.

숫자

수학을 싫어하는 저에게
숫자는 끊임없이 수식되었어요.

학생 때, 점수와 등수가 중요했고
어른이 되어서는 돈이란 액수가
인생의 중점이 되었죠.

언제쯤, 이 굴레에서 벗어날까?
고민은 잠시 방황할 뿐
제 인생을 숫자에 다시 대입하기 시작해요.

이 글을 쓰면서도 저의 행복보단
몇 명의 독자분이 읽고 반응해 줄지를
미리 걱정해요.

누구나 세상에서 유일하다는 걸

신경 쓰지 않으려 해도 우린 계산에
너무 익숙해졌죠.
그러나, 행복만큼은 숫자와 별개로
같이 추구해 봐요.

정해진 행복, 수치화된 기쁨?
웃을 수 있는 시간마저 정해져 있다면
기계와 다른 게 없잖아요.

재개발

추억 담긴 곳이 사라졌다.
오래되어 벽면의 페인트는 갈라졌고,
약간의 하수구 냄새가 나는 구수한 동네가
신기루처럼 잠시 보였다, 사라졌다.

과거, 아이들과 해가 질 때까지 뛰어놀며 시간을
보냈던 황무지 땅에 새 건물들이 생긴 것이다.

편의를 위해 여러 시설이 생겨 주민들은
좋아했지만, 나에게는 상실감이 더 컸다.

멍하니 바라보다 해가 져 물어
집으로 돌아가는 길, 슬픔에 사로잡혀
발걸음이 무거웠다.

신나게 놀고 주머니 속에 모래알이 가득 들었는지도
몰랐던 때가 기억나 뒤져보니 아무것도 없더라.

우린 추억을 기억하지만, 직접 간직하기란 쉽지 않다.
잊어버릴 수도 놓칠 수도 있다.

그렇기에 매 순간을 기억하며 소중히 여겨야만
후회가 없더라.

사람도 사랑도 삶도 사라지는 건 살짝만 흔들려도
멀리 날아가는 민들레 씨와 같은 거니깐.

방황

"너무 생각 없이 사는 거 아니야?"
생각 있게 사는 건 어떤 것일까.

운동선수가 되고 싶었을 때 볼펜 대신
라켓을 잡았을 뿐이고,
힘들게 회사에 입사했지만 다른 꿈이 생겨
금방 퇴사한 것이 잘못된 것인가?
난 내가 선택한 모든 행동의
책임지고 움직였을 뿐이다.

사람들에게 묻고 싶다.
지금 당신이 하는 모든 행동은
정말 원해서 하는 것인지,
누군가의 강요 또는 스스로 압박해서 하는지.

누구나 세상에서 유일하다는 걸

후자라면, 현재 지루하고 따분한 삶이지 않나?

한 번 사는 인생, 무료하게 살고 싶지는 않을 것이다.

사람들이 말하는 방황은 때론. 부족한 부분을

끌어올려 더 성장하게 만들더라.

억압되지 말고, 제자리에 머물지 말고

좀 더 자유롭게 살아가 보는 건 어떤가?

고양이가 더 낫네

짐승도 몸에 상처가 나면
혀로 핥아 스스로 치료하는데,

사람인 나는 혼자서 상처를
치료하지도 못한 채 방치하네.

누군가에게 의지해야만 하고
도와주기까지 기다리는 것이
길 가다 보이는 고양이에게
비교되어 부끄럽구나.

누구나 세상에서 유일하다는 걸

이렇게 살아도 괜찮은 걸까?

성공한 사람들의 이야기를 들으면
스스로 자책했다.

"나는 언제쯤 성공할까?
분명 남들과 같이 교육도 받으며 열심히 살아왔는데,
왜? 나는 출발 자체도 안 돼서 멈춰있을까?"

내가 걷고 있는 길이 애초에 잘못되지 않았을까?
말도 안 되는 상상을 하며 애써 위로하지만,
그마저도 소용없어 애석하다.

사실, 목적지를 모르겠다.
그래서, 현재 삶의 성공 여부도 알 수가 없다.
내가 하고 싶은 것이 무엇이고
내가 원하는 것이 무엇인지

그저, 남들이 하는 걸 따라만 해봤으니
나 자신을 생각해볼 시간도 없이 살아왔다.

"이렇게 살아도 괜찮은 걸까?"
내 삶을 더는 의심하고 싶지 않다.
남들을 따라 사는 것도 지겨웠는데, 이젠
마음대로 생각하고 행동해야겠다.
뭘 해도 칭찬 듣기 힘든 세상이며
잘되는 거 보면 배 아파서
내 삶을 부정하는 사람들은 넘치니깐.

눈치 볼 거 없이 자신의 삶을 살아봐요!
어차피 사람들은 타인이 잘 되면 배 아파하고
무너지면 좋아하니깐.

물론 모든 사람이 그런 건 아니지만, 제가 느끼기엔
대부분이 그렇더라고요.

누구나 세상에서 유일하다는 걸

꼴통

하지 말라면 더 하고 싶고
만나지 말라면 더 만나고 싶은
난 청개구리다.

사람들의 말은 듣기만 할 뿐
온전히 받아들이지는 않는다.

내 선택으로 이루어져야만
행동으로 옮긴다.

사람들은 그런 나를 꼴통이라
부르지만, 부끄럽지 않다.

나중에 이런 꼴통을 부러워할 날이 분명 올 테니깐.

새벽

대인관계가 힘들어 죽고만 싶었을 때,
그림자와 함께 오랜 시간을 보냈어요.

사람들이 많은 낮엔 숨고
가로등이 켜질 시간에 맞춰 밖을 나오니
제 시야에 보이는 건 오직 어두운 그림자뿐이었죠.

새벽, 밤하늘에 별을 따라 그림자와 함께 걸으며
시간을 보냈어요.

처음에는 계속 따라오는 그림자가
애석하고 싫었지만, 정이 갔었어요.

그 존재가 나니깐.

누구나 세상에서 유일하다는 걸

덕분에 스스로 위로할 수 있는 사람이 되어가며,
외로움을 떨쳐내기 시작했어요.

남에게 의지하다 보면 언젠가
아슬아슬해지는 불안한 마음이 생길 거예요.

물론 과정도 결과도 방법도 사람마다
다르기에 확답은 아니지만,
스스로 치유할 줄 알아야 편하고 안정감 있더라고요.

공허하고 외롭고 힘들 때
친구들과 시간을 보내는 것도 좋지만,
자기 자신을 되돌아보고 생각을 정리하는 게
어쩌면 더 좋은 극복 방법이 될 거예요.

외로움은 스스로 극복하기

늘 외로워?
사람들을 만나도, 행복한 일이 있었던 하루여도
허전하다면, 혼자만의 시간을 가져봐.
더 우울해지라는 건 아니야.
사람을 만남으로써 외로움을 달래지 말고
스스로 자신을 위로하라는 거지.

사실, 외로움을 타는 사람들은 보이지 않는 상처가 있어.
과거에 생겼던 것일 수도, 현재 생긴 것일 수도 있지.
그 상처들은 스스로 새긴 경우는 극히 일부일 거야.
사람들에게 받은 상처가 대부분이지.
그럼에도 사람들로 그 상처를 치료하려다,
더 크게 다치면 정말 무너질 거야.

물론 홀로 고립된 것보다는 약간의 의지도 좋아.

누구나 세상에서 유일하다는 걸

중요한 건 무엇이든 주체가

네가 되어야 하고 결단도 네가 내려야 해.

자신을 위로할 줄 아는 사람이 되면

외로움이 사라지니깐.

할 수 있어. 어릴 적 못 걷던 네가 걸었고,

말하지 못했던 네가 말하게 되었으니깐.

그만큼 의지 있는 사람이야.

널 한 번 믿어봐.

분명, 잘할 수 있는 사람이야.

감정충전

조금의 사랑이라도 건네주면
어떤 사람이든 금방 좋아하게 돼?

남들은 가벼운 사람이라 생각할 수도 있겠지만,
난 그저 사랑이란 감정을 좋아하는 사람이라 생각해.

그래서 받아도 받아도 쌓아도 쌓아도
흘러넘치지 않으니 그 감정을 소중히 간직했으면 좋겠어.

부족한 감정을 채우는 건
나쁜 게 아니니깐,

누구나 세상에서 유일하다는 걸

속을 보여줘

활짝 피어올라 좋은 향기를 풍기는 꽃 주변에는
구경하려는 사람들과 꿀을 얻기 위해
맴돌고 있는 벌들이 많은데,

굳게 닫혀 속이 보이지 않는 꽃 주변에는
사람도 벌도 없더라.

잘난 척하는 것도 능력이야

자신의 장점이나 자랑거리를 말하면
사람들은 잘난 척한다고 생각하지.

난 반대야.
왜, 자신의 장점을 뽐내는 게 꼴불견이 되었을까?
남과 비교하며, 깎아내리는 것만 아니면
충분히 좋은 모습으로 보고 있어.
자신을 더욱 사랑하는 방법이 될 수 있으니깐.

눈치 볼 거 없이 자랑해.
겸손할 때랑 구분해서 하면
너에게 안 좋은 건 없을 테니깐.

누구나 세상에서 유일하다는 걸

좋은 사람

난 착한데.
왜? 내 주변에는 좋은 사람이 없을까?
친구들에게 상처를 받고 생각에 잠기면
위와 같은 생각을 했지.

매 순간 그들에게 온 힘을 다한 것 같은데,
돌아오는 건 상처뿐이었어.
너무 밉고 원망스러웠지.
그런데 나와 같은 고민거리를 가진 몇몇 사람들을 보면서
내 잘못도 있다는 걸 알게 됐어.

자기가 좋은 사람이라고 주장하며,
남들이 잘못됐다고 생각하는 사람 중에
좋은 사람 몇 없더라.
그리고 스스로 만족해도,

남들의 기준에 좋은 사람이 아닐 수도 있는 건데.

그걸 무시하고 원망하던 나는 진정 좋은 사람이 아니었지.

그냥 나였던 거야.

잃어버리지 않으려고

디지털 시계보다 초침 소리가 들리는 아날로그 시계가 좋아.
천천히 흘러 도달하는 느낌도,
오래되어서 약간의 녹슨 색도 좋더라.

과거의 물건을 좋아하듯, 난 과거를 간직하며 살아가.
그땐 웃고 울었던 모든 순간이 진심이었으니
나를 잃어버리지 않기 위해서.

사진

지금 겪고 있는 힘든 순간들을 필름에 담고
페이지를 채워.

"예전에 이랬었지."하고 넘겨버리게.

누구나 세상에서 유일하다는 걸

자기소개

"당신은 어떤 사람인가요?"
"당신의 장단점은 뭔가요?"

나에 대해서 말하는 게 어려웠어.
제일 잘 알고 있어야 하는 사람인데,
남들이 뱉은 말로 나 자신을 판단했지.

시간이 지나고 생각해보니 부끄럽더라.
나를 모른 채 남들에게만 신경 썼다는 게.
"저 사람은 착하지" 단정 지을 수 있을 만큼의
관심만 줬어도 충분히 알았을 텐데.

사소한 행복

돈을 모아서 사고 싶었던 옷을 사도
잠시 좋을 뿐이었고
먹고 싶던 음식도 먹을 때만 좋았지.

여운이 남고 해맑은 미소를 짓게 할 만한
행복을 언제쯤 느낄까?

수없이 기다렸는데, 그럴 필요가 없더라.

뜻밖의 장소와 사람으로 받을 때도 있고,
사소한 말이나 물건으로 행복해질 때가 있어.

좋아하는 노래를 들으며 산책하는 도중
동네 꼬마가 풀꽃으로 만든 반지를
건네주고 도망갔을 때처럼.

누구나 세상에서 유일하다는 걸

자기 전까지 고맙더라.

사소한 풀꽃으로 날 진심으로 행복하게 해줘서.

정말 알 수 없는 세상이고 나 자신이야.

만만한 사람

착해지고 싶어서 배려하고 양보했어.

그런데 의도와는 다르게 내가 남의 부탁을 들어주는 건
당연해졌고, 반대로 거절은 쉽지 않았지.
착한 사람이 아닌 만만한 사람이 되었었지.

타인 때문에 감정, 시간을 뺏기고 무너지는
내 모습이 불쌍했어.
그런 나를 사랑하고 싶지는 않더라.

주변 사람들도 시달리는 내 모습을 불쌍하게 보는데,
감싸 안아줘야 할 나조차 안타깝게 본다면
얼마나 처량한 사람이야.

누구나 세상에서 유일하다는 걸

그래서 만만한 사람으로 살아가는 것보다는
나쁜 사람으로 살아가는 게 낫다고 생각해.

사람들이 느끼기엔 매정하고 이기적이라 생각해도
내가 착하다고 생각하면 된 거니깐.

절전모드

매 순간 열심히 사는 거?
좋은 거지.

하지만, 피곤하고 아프면
무리할 필요 없어.

힘들면 절전모드로 바꾼 후 체력을 아껴.
휴대폰 배터리가 빨간색이면 금방 꺼지듯이
몸에도 적신호가 오면 잠시 멈추고 쉬어야 해.
아픈 건 한순간인데, 낫는 건 오래 걸리니깐.

누구나 세상에서 유일하다는 걸

터진 풍선

공허함이 사라지지 않아?
나도 그럴 때가 있었지.
재밌게 놀아도, 맛있는 걸 먹어도
마음이 허했어.

계속 채우다 보면
언젠가 좋아지겠지?

노력하면 될 줄 알았는데,
그게 아니더라.

터진 풍선에 바람 넣기였어.
내 마음 주머니에 상처가 생겨
구멍이 났는데 계속 채우려고만 했으니,
빠져나가기만 했지.

칭찬이야

칭찬인지 비난인지 헷갈리는 말은
거슬려서 생각에 오래 머물지.
그럴 때는 칭찬이라 생각하고 넘겨.
그 한 마디 때문에 오늘 하루를 헷갈릴 수 없잖아.

누구나 세상에서 유일하다는 걸

행복해질래

죽고 싶어? 나도 그랬어.
그런데 정말 아프고 죽을 것 같을 때는
살고 싶다고 외치게 되더라.
그토록 원했던 죽음에 가까워졌는데,
좋아하지 않고 눈물을 흘리면 부정했지.

너의 삶을 잘 생각해봐.
죽고 싶은지 행복해지고 싶은지.

말조심

어린 학생들에게
아픔을 어른이 되어가는 과정이라 말하지 마.

아픔을 당연하게 받아들이는 어른이 되는 게
얼마나 슬프고 힘든 건데.

너도 알잖아.
지금, 어른이 되고 나서의 겪고 있는 그 아픔.

여행을 떠나야 하는 이유

밥을 먹어도 맛은 미미해서
씹고 넘기는 이물감만이 느껴질 뿐이고,
재밌는 영상을 봐도 잠시 피식 웃고 정색을 했다.
무뎌진 감각 때문에 잘 살아가고 있는지 헷갈렸다.

분명 열심히 살아가고 있었는데.
어째서 죽은 채 살아가는 좀비와 같은 느낌을 받는 걸까?

영혼 없이 살다가는 정체성을 잃어버릴까,
두려운 마음이 컸다.

"잠시 머물다 떠나겠지."
하지만 아무리 시간이 지나도 답답한 마음이 풀리지 않아,
바람도 좀 쐬고 생각을 정리할 겸
소박하게 짐을 싸고 기차를 탔다.

힘없이 털썩 주저앉은 자리 오른쪽 창문으로
익숙한 도시 풍경에서 점차 새로운 풍경이 보였다.

해가 지는 시간대라 잔잔함까지 섞였기에
눈이 그윽해지면서 안정된 느낌을 받았다.

시작부터 좋았던 홀로 떠난 여행은 마지막 날까지
나에게 잊을 수 없는 여운과 자극을 만들어줬으며,
잊고 있던 감각이 돌아와 생기 있는 삶을 되찾았다.

우린 가끔 여행이 필요하다.
장소와 풍경이 다르면
익숙한 사물을 봐도 색다른 느낌을 받아,
새로운 자극으로 삶의 좋은 영향력을 주기 때문이다.

그리고, 단순히 놀러 가려는 것이 아니라
더욱 잘 살길 위해서 떠나는 모험도 되더라.

누구나 세상에서 유일하다는 걸

현재 그대가 너무 무기력하다면

굳이 멀리 나가지 않아도 괜찮으니,

짧게나마 여행을 다녀와

이전보다 더 좋은 삶을 맞이했으면 좋겠다.

하루

"오늘 하루 어땠어?"
요즘, 위와 같은 단순한 질문에 답하기 힘들지 않아?
매 순간 정신없이 지나쳐 왔기에
한 줄로 설명하려니 고민하게 돼.

평소, "그냥 그랬어."라고 답할 때가 많았어.
좋지도, 안 좋지도 않은 애매한 날이 대부분이었으니깐.

"무탈했어."
아무 일 없고 무난한 하루가 그나마 행복한 날이었어.
하루를 편하게 넘겼다는 게
힘들었던 나에게만큼은 의미가 있었지.

갈수록 고되고 힘겨워지는 하루야.
꿈과 희망을 품기에는 너무 늦은 것 같고,

누구나 세상에서 유일하다는 걸

현실을 따라가기엔 벅차.

그래도 하루하루 쌓이는 날들로
완성되어가는 삶을 기대하며 살아야지.

생각보다

SNS를 보던 중, 순간 인생이 비참하게 느껴졌어.
잘난 사람들의 과시가 담긴 사진만 보이니깐.

어린 나이에 연봉이 억대인 사람,
학벌하고 집안이 좋은 사람,
외모와 몸매가 뛰어난 사람 등등
그들의 특출난 부분이 평범한 나와 비교가 되더라.

순간, 내 존재 자체가 찌질하게 느껴져
자존감이 떨어졌지만,
SNS를 끄고 현실을 둘러보니깐.
난 생각보다 괜찮은 사람이더라.

유명한 스타들처럼 풍족한 건 아니어도
먹고 싶을 때 먹고, 자고 싶을 때 편히 잘 수 있는 공간을

누구나 세상에서 유일하다는 걸

가지고 있으니 세상 사는데, 큰 어려움 없으니깐.

우린 남과 비교하지 않고 자신을 살펴보면
생각보다 잘 생존하고 있는 사람이야.

99.9%

난 단점이 고쳐지지 않으면
인간미라 생각하고 좋게 넘기는 편인데,

반대로 완벽해지고 싶은 사람은
문제를 쉽게 넘기지 못해서 힘들어하더라.

"완벽"이란 강박으로 힘들어하는
그들의 마음이 편했으면 좋겠어.

생각해보면 세상에 완벽한 건 어디에도 없어.
조금씩 부족한 부분이 있지.

그 흔한 치약을 봐도 알 수 있잖아.
100% 병균을 사멸해주는 제품은 없어.

누구나 세상에서 유일하다는 걸

지금도 충분한 사람이니,

너무 스트레스받지 않아도 돼,

지금껏 살아온 것만으로도

잘 살아갈 수 있을 거야.

그러니, 무거운 짐 두고 더 가볍게

걸으며 앞으로 향해보자.

행복해지기 위한 삶

이기적이지만, 오롯이 나를 위해
살아갈 것이라 마음을 굳게 다짐했어요.

누군가를 따라가거나, 남이 알려주는 길은 선호하지 않았죠.
처음엔 아슬아슬하고 위험천만하게 느껴졌지만,
적응된 후엔 나의 삶을 당당히 살아간다는 것의 자부심을
느끼며 전보다 삶이 재밌어졌어요.

내가 만든 새로운 자극은
그 무엇과도 비교할 수 없을 만큼
강한 전율이 느껴졌습니다.

제일 좋았던 건
매번 잘못된 길에 들어서면
남 탓만 했던 모습이 사라진 거예요!

누구나 세상에서 유일하다는 걸

나를 위해 살아가니
그제야 행복해질 수 있었습니다.

그대도 가끔은 이기적으로 선택하고 행동해도 돼요.
혼자 판단하고 결단하는 것은
결코 나쁘다고 할 수 없으니깐.

시원하게 망해도 좋아

감정을 적당히 조절하는 건 좋지만,
과하게 통제하는 건 좋지 않다고 생각해.

감정을 표출할 때에도 타이밍이 있는데,
엄격하게 단속하느라 배출하지 못하면
쌓이고 미뤄지게 되잖아.
그렇게 감각이 희미해지고 잃어버리게 될까 걱정돼.

그러니 우리 솔직해질 땐 과감하게 솔직해지자!
말하지 못하고 후회하는 것보다
말하고 후회하는 게 나을 것 같다면
시원하게 저질러 버리는 거야.

소중한 자신

내 곁에 있는 좋은 사람을 보고 있으면
소중한 인연을 잃어버릴까,
가끔 두려울 때가 있다.

삶의 일부가 되어버린 그 사람이 떠나간다면
함께 채운 공간의 빈자리가 생길까 봐.

그래서 호감은 집착으로 변해,
상대방에게 많은 신경을 쓰다 보니 자신에게
소홀해진다.

상대방을 걱정하고 신경 쓰는 건 좋지만,
과하면 자신에게 좋을 거 없더라.

내가 행복하기 위해 함께 지내는 사람인데,

자신이 망가지고 불안하면 어떡하나.

타인으로 인해 자신을
잃어버리는 걸 진정으로 두려워해라.
인연은 많지만, 자신은 오직 한 명이니깐.

누구나 세상에서 유일하다는 걸

미워도 오래는 미워하지 않기

세상에 믿을 사람 단 한 명,
평생을 함께 살아온 자기 자신이죠.

그러니 미울 때가 있어도 너무
오래는 미워하지 말아 주세요.

홀로 있어도 버틸 수 있게끔
도와줄 수 있는 유일한 당신이니깐.

시선

흔히 볼 수 있는 조약돌을 반짝이는 보석처럼 보았고,
외면받는 들풀은 아름다운 꽃을 보듯 봤다.

볼품없다고 생각한 모든 것들을 아름답게 보니
그제야 행복해질 수 있었다.
제일 볼품없던 내가 다르게 보였으니깐.
못난 줄만 알았는데 생각보다 괜찮더라.

누구나 세상에서 유일하다는 걸

말해도 돼

"괜찮아, 아무것도 아니야."
거짓말하지 않아도 돼.

솔직하게 말하면 외면할 사람보다
도와줄 사람이 더 많을 테니 걱정하지 마.

혼자 아파하지 말고 힘든 게 있으면 말해줘.
참고 있는 너를 위해, 바라보고 있는 사람들을 위해,
서로를 위해서.

것것것

자기 비하를 하지 말 것
울음을 참지 말 것
혼자 앓지 말 것
휴대폰만 보지 말 것

아픈 하루였다면
내일은 덜 아프려고 노력할 것

누구나 세상에서 유일하다는 걸

자신이 제일 아픈 법이야

작은 상처여도 너의 아픔이

큰 상처가 있는 타인의 아픔보다 훨씬 아픈 법이야.

그러니 많이 보살펴줘.

현재 세상에서 가장 아픈 너니깐.

척

강한 사람인 척
아무렇지 않은 척
행복한 척을 하는 순간부터가
자신을 잃어버리는 시발점이니,

약하면 약하다고
힘들면 힘들다고
우울하면 우울하다고 말을 해.
돌아오는 말을 미리 걱정하지 말고.

누구나 세상에서 유일하다는 걸

아픔 한 줌 빼고 위로 두 줌을 건넬게

1판 1쇄 펴낸날 2022년 10월 12일

지은이 이종혁

책만듦이 김미정 책꾸밈이 홍규선

펴낸곳 채륜서 펴낸이 서채윤
신고 2011년 9월 5일(제2011-43호)
주소 서울시 광진구 자양로 214, 2층(구의동)
대표전화 1811.1488 팩스 02.6442.9442
E-mail book@chaeryun.com Homepage www.chaeryun.com

책값은 뒤표지에 있습니다.
ISBN 979-11-85401-72-0 03810

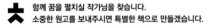

함께 꿈을 펼치실 작가님을 찾습니다.
소중한 원고를 보내주시면 특별한 책으로 만들겠습니다.

채륜(인문·사회), 채륜서(문학), 띠움(과학·예술)은 함께 자라는 나무입니다.
물과 햇빛이 되어주시면 편하게 쉴 수 있는 그늘을 만들어 드리겠습니다.